First edition

This book was professionally typeset on Reedsy.
Find out more at reedsy.com

Printed in Germany
by Amazon Distribution
GmbH, Leipzig

33935086R00045

Contents

Vorwort

Liebe Leserinnen und Leser,

Willkommen in der wunderbaren Welt der weihnachtlichen Katastrophen!

Wenn Sie dieses Buch in den Händen halten, haben Sie vermutlich schon einige "besinnliche" Feiertage hinter sich gebracht. Vielleicht erinnern Sie sich an den Moment, als Tante Ernas selbstgebrannter Schnaps den Weihnachtsbaum in Flammen aufgehen ließ. Oder an das Jahr, in dem Sie versehentlich Ihrem Chef ein Ugly Christmas Sweater schenkten – nur um festzustellen, dass er es täglich trug.

"Fröhliche Pannen unter dem Weihnachtsbaum" ist eine Sammlung von Geschichten für all jene, die wissen, dass Weihnachten selten so perfekt ist wie in der Werbung. Hier finden Sie keine niedlichen Engelchen oder brav singende Nikoläuse. Stattdessen erwarten Sie rebellierende Schneemänner, Adventskränze mit Explosionsgefahr und Weihnachtsmänner, die dringend einen Führerschein für ihren Rentierschlitten brauchen.

Diese Geschichten sind für Erwachsene, die sich noch einen

Funken kindlicher Freude bewahrt haben – gepaart mit einer gesunden Portion Galgenhumor. Sie sind für alle, die beim Anblick von Lametta leicht zucken und die wissen, dass "Stille Nacht" meist eine Utopie bleibt.

Lachen Sie mit uns über die kleinen und großen Pannen der Weihnachtszeit. Erkennen Sie sich wieder in den verzweifelten Versuchen, das perfekte Geschenk zu finden oder die Familienfeier zu überleben. Und wer weiß – vielleicht finden Sie sogar Trost darin, dass es anderen noch schlimmer ergeht.

Also, machen Sie es sich gemütlich, gießen Sie sich einen Glühwein ein (vielleicht sogar mit einem Schuss von Oma Ernas Selbstgebranntem) und tauchen Sie ein in diese Sammlung herrlich chaotischer Weihnachtsgeschichten.

Frohe Weihnachten und eine katastrophal-lustige Lektüre wünscht Ihnen

Kai Mayer

Der Weihnachtsmann-Streik

Es war der 23. Dezember, als die Eilmeldung über alle Kanäle lief: "Weihnachtsmänner weltweit legen Arbeit nieder!"

Santa Claus, Gesicht gerötet vom Glühwein statt vom Frost, taumelte vor die Kameras: "Wir haben die Nase voll! Jedes Jahr dasselbe – Cookies und Milch! Wo bleibt unser Protein-Shake? Und diese engen Schornsteine... Haben Sie eine Ahnung, wie das an den Hüften zerrt?"

Sein Kollege Väterchen Frost nickte zustimmend, während er Pilates-Übungen auf einem Rentier machte.

Die Elfen, plötzlich arbeitslos, eröffneten einen Pop-up-Store für überteuerte handgefertigte Geschenke. "Bio-Holzspielzeug ist das neue Plastik", verkündete Chefelf Tinsel, während er Hipster-Bärte mit Lametta schmückte.

Weltweit brach Panik aus. Eltern googelten verzweifelt "Wie erkläre ich meinem Kind, dass der Weihnachtsmann dieses Jahr nicht kommt?" Währenddessen feierten Schornsteinfeger ihr unverhofftes Weihnachtswunder – endlich mal eine rußfreie

Saison!

Am Nordpol verhandelten Rentiere als Streikbrecher. Rudolph, mit roter Nase und Sonnenbrille getarnt, flüsterte: "Wir übernehmen den Job. Aber wir wollen Karrierechancen. Blitzen träumt schon lange von einer Rolle bei 'Rudolph, das Musical'."

Als der Heilige Abend nahte, lenkte die Weihnachtsmann-Gewerkschaft ein. Ihre Forderungen: Schornsteine mit Rutschbahn-Funktion, eine Umschulung zum Ganzjahres-Influencer und – ganz wichtig – Glühwein statt Milch an jedem Kamin.

Und so wurde Weihnachten doch noch gerettet. Nur die Kinder wunderten sich am nächsten Morgen über Geschenke, die verdächtig nach Rentier rochen, und einen leicht schwankenden Weihnachtsmann, der "Last Christmas" summend durch die Straßen torkelte.

Die vegane Weihnachtsgans

Familie Müller war ratlos. Tochter Lena, frisch konvertierte Veganerin, hatte ein Ultimatum gestellt: Entweder eine tierfreie Weihnacht oder sie würde das Fest boykottieren. Also machte sich Mutter Gertrud widerwillig an die Zubereitung einer veganen "Gans" aus Seitan.

Am Heiligabend präsentierte sie stolz ihre Kreation. Das bräunliche Etwas auf dem Teller erinnerte entfernt an einen deformierten Fußball. Vater Herbert murmelte: "Sieht aus wie mein alter Schulranzen. Vermutlich schmeckt er auch so."

Oma Erna, leicht schwerhörig, rief begeistert: "Oh, eine Ghana-Gans! Wie exotisch!" und begann, von ihren Safariabenteuern zu erzählen.

Lena strahlte und schnitt beherzt in den Seitanklumpen. Das Messer blieb stecken. Nach einigen Versuchen und einem beinahe abgebrochenen Zahn gelang es ihr, ein Stück abzusägen.

Onkel Klaus, dem das Tofu-Gulasch vom Vorjahr noch in schlechter Erinnerung war, hatte vorgesorgt. Unterm Tisch zog er heimlich eine Bratwurst aus der Tasche und biss herzhaft

hinein. Leider tropfte etwas Fett auf den neuen Teppich.

"Klaus!", zischte Tante Hildegard entsetzt. "Das ist eine Fleischpfütze!"

Lena, die gerade triumphierend ihre vegane Gans präsentierte, erstarrte. "Fleisch? FLEISCH?!" Dramatisch warf sie sich vor den Tannenbaum. "Oh Tanne, du einziger wahrer Freund der Tiere!"

Plötzlich kippte der Baum. Im Sturz riss er die Vorhänge mit, die in hohem Bogen in Omas Punschglas segelten.

Während alle wie gelähmt auf das Chaos starrten, nahm Herbert einen herzhaften Bissen von der Seitan-Gans. Überrascht kaute er und murmelte: "Schmeckt tatsächlich wie mein alter Schulranzen. Aber irgendwie... lecker?"

Und so endete der Abend in schallendem Gelächter, während draußen eine echte Gans erleichtert in Richtung Süden davonflog.

Omas selbstgebrannter Schnaps

Oma Hildegard war berühmt-berüchtigt für ihren selbstgebrannten Weihnachtsschnaps. "Engelsfeuer" nannte sie ihn liebevoll, während der Rest der Familie ihn insgeheim als "Höllengebräu" bezeichnete.

Dieses Jahr hatte sich Oma etwas Besonderes vorgenommen. "Ich habe dem Schnaps eine geheime Zutat beigefügt", verkündete sie stolz, als die Familie am Heiligabend zusammensaß.

Onkel Herbert, bekannt für seine Trinkfestigkeit, grinste breit. "Na dann, lass mal probieren, Hildchen!"

Kaum hatte er einen Schluck genommen, weiteten sich seine Augen. Sein Gesicht lief rot an, Dampf schien aus seinen Ohren zu kommen. Mit heiserer Stimme krächzte er: "Schmeckt irgendwie... weihnachtlich?"

Oma nickte zufrieden. "Ich habe eine ganze Packung Zimtsterne hineingetan. Für den Geschmack!"

Tante Gerda nahm vorsichtig einen Schluck und hustete. "Ich glaube, ich sehe gerade echte Engel", murmelte sie benommen.

Cousin Paul, der Chemie studierte, beäugte das Glas misstrauisch. "Oma, ich glaube, das Zeug könnte Autos antreiben."

Plötzlich sprang der Weihnachtsbaum in Flammen auf. Niemand hatte bemerkt, wie Opa Fritz heimlich seinen Schnaps ins Baumwasser gekippt hatte, weil er den Geschmack nicht ertrug.

Während alle panisch versuchten, den Baum zu löschen, nahm Oma einen kräftigen Schluck aus ihrer Flasche. "Ach herrje", kicherte sie, "jetzt seh ich auch Engel. Und die tanzen Lambada um den brennenden Baum!"

Als die Feuerwehr eintraf, bot ihnen Oma großzügig von ihrem Schnaps an. Der Einsatzleiter nahm einen Schluck und deklarierte prompt: "Feuer gelöscht. Dafür brennt jetzt meine Kehle."

Am Ende des Abends lag die halbe Familie schnarchend unterm (verkohlten) Tannenbaum. Oma hingegen war putzmunter und plante bereits die nächste Kreation: "Wie wäre es nächstes Jahr mit Lebkuchen-Likör?"

Der Christbaum-Dieb

Markus war verzweifelt. Es war der 24. Dezember, 23 Uhr, und er hatte immer noch keinen Weihnachtsbaum. Seine Frau würde ihn umbringen. Buchstäblich.

Mit Schweißperlen auf der Stirn schlich er durch die Nachbarschaft. Da! Ein prächtiger Tannenbaum glitzerte durchs Fenster der Schmidts. Die waren doch im Urlaub, oder?

Entschlossen kletterte Markus über den Zaun. "Einmal Einbrecher, ausgerechnet an Weihnachten", murmelte er. "Frohe Feiertage, du Verbrecher."

Mit zitternden Händen hebelte er das Fenster auf. Der Alarm heulte los. "Stille Nacht, heilige – verdammt!"

In Panik zerrte er am Baum. Lichter, Kugeln und Lametta regneten zu Boden. Endlich hatte er den Baum durchs Fenster gewuchtet und rannte los.

Plötzlich hörte er Sirenen. Blaulichter näherten sich. Markus hetzte um die Ecke, den Baum wie eine überdimensionale Lanze

vor sich her tragend.

Er sprintete über eine Kreuzung. Ein Auto bremste quietschend. "He, Sie Idiot!", brüllte der Fahrer. "Tschuldigung!", keuchte Markus. "Weihnachtsnotfall!"

Endlich erreichte er sein Haus. Völlig außer Atem schleppte er den Baum ins Wohnzimmer - und erstarrte.

Dort stand seine Frau neben einem perfekt geschmückten Christbaum. "Überraschung, Schatz! Ich dachte, ich nehme dir die Arbeit ab."

Markus blinzelte. Dann fiel er mitsamt seinem gestohlenen, halbnackten Baum in Ohnmacht.

Als er wieder zu sich kam, lächelte seine Frau. "Du Schlafmütze. Komm, lass uns Bescherung machen."

Benommen nickte Markus. Draußen hörte er Polizeisirenen. "Äh, Schatz? Wie wäre es, wenn wir dieses Jahr Weihnachten im Keller feiern?"

Betriebsfeier goes wild

Die Weihnachtsfeier der Firma Langweil & Söhne versprach wie jedes Jahr ein Fest der Langeweile zu werden. Bis Praktikant Tim die geniale Idee hatte, dem Punsch heimlich eine Flasche Schnaps beizumischen.

Um 20 Uhr: Frau Müller aus der Buchhaltung tanzte auf dem Kopiergerät Lambada.

Um 21 Uhr: Der sonst so biedere Herr Schmidt trug nichts mehr außer einer Krawatte – um den Kopf gewickelt.

Um 22 Uhr: Die Chefsekretärin Frau Meier verkündete lautstark, dass sie in Wahrheit ein undercover Alien sei.

Um 23 Uhr: Der Firmenchef höchstpersönlich führte eine Polonaise an – nackt, nur mit Geschenkband umwickelt.

Währenddessen hatte sich die IT-Abteilung im Serverraum verschanzt und streamte das Chaos live auf YouTube. "Unsere Klickzahlen explodieren!", jubelte der Webmaster.

In der Marketingabteilung brach eine Essensschlacht aus.

"Endlich mal ein brauchbares Teambuilding!", rief jemand zwischen zwei Würfen mit Kartoffelsalat.

Als um Mitternacht die Polizei eintraf – gerufen von besorgten Nachbarn – bot sich ihnen ein Bild des Wahnsinns. Die Beamten tauschten Blicke aus. "Erinnert mich an unsere letzte Weihnachtsfeier", murmelte einer.

Am nächsten Morgen erwachte die Belegschaft mit kollektivem Kater. Nur Tim grinste still. In seinem E-Mail-Postfach: eine Beförderung zum "Event-Manager" und die Bitte, die nächste Weihnachtsfeier zu organisieren.

Firmenchef Langweil, mit Aspirin und Sonnenbrille bewaffnet, verkündete: "Das war die beste Weihnachtsfeier seit... nun ja, immer. Nächstes Jahr machen wir das wieder. Aber vielleicht mit etwas weniger Striptease meinerseits."

Das verflixte Wichtelgeschenk

Stefan starrte verzweifelt auf den Zettel in seiner Hand: "Chefin (Frau Dr. Streng)". Ausgerechnet! Beim alljährlichen Büro-Wichteln hatte er den Horror-Los gezogen.

Was schenkt man einer Frau, die alles hat und nichts mag? Nach tagelangem Grübeln entschied er sich für eine luxuriöse Flasche Parfüm.

Am Tag der Bescherung saß die gesamte Belegschaft im Kreis. Stefan schwitzte. Als Dr. Streng sein Geschenk öffnete, hielt alle den Atem an.

"Oh", sagte sie tonlos. "Wie... duftend." Dann nieste sie. Dreimal. "Tut mir leid, ich bin allergisch gegen Parfüm."

Stefans Gesicht wurde rot wie eine Weihnachtskugel. Er wollte im Boden versinken.

Doch dann geschah das Unglaubliche. Dr. Streng lachte. "Wissen Sie was? Das ist das thoughtfulste Geschenk, das ich je bekommen habe. Normalerweise schenken mir alle nur

langweilige Bücher über Management."

Sie erhob sich und verkündete: "Hiermit ernenne ich Stefan zum neuen Leiter der Kreativabteilung. Jemand, der so mutig scheitern kann, wird großartige Ideen haben!"

Die Kollegen applaudierten, Stefan grinste ungläubig.

Als Nächstes war Praktikant Tim an der Reihe. Er überreichte Dr. Streng schüchtern sein Geschenk: ein Buch mit dem Titel "Management für Dummies".

Die Stille im Raum war ohrenbetäubend. Dann prustete Dr. Streng los. "Tim, Sie sind gefeuert!" Pause. "Aber nur bis zum 26. Dezember. Danach erwarte ich Sie in der Kreativabteilung. Als Stefans Assistent."

Und so wurde aus dem verflixten Wichtelgeschenk ein Segen für alle – nun ja, fast alle. Irgendwo in der Ecke nieste immer noch jemand.

Weihnachten im Fitnessstudio

Mike, der Besitzer von "Mikes Muckibude", hatte eine geniale Idee: Ein 24-Stunden-Weihnachtstraining! "Bevor die Leute sich vollfressen, pumpen sie bei uns", dachte er.

Am Heiligabend um 23 Uhr standen tatsächlich fünf Gestalten vor der Tür.

"Willkommen zum Weihnachts-Workout!", rief Mike begeistert.

Erst beim Näher kommen erkannte er sie: Ein volltrunkener Weihnachtsmann, zwei Rentiere (oder Männer in sehr eng anliegenden Rentier-Kostümen), ein missmutiger Elf und... war das etwa der Osterhase?

"Wir müssen dringend was tun", lallte der Weihnachtsmann. "Die Kekse setzen an!"

Mike zuckte mit den Schultern. Kunden waren Kunden.

Der Weihnachtsmann schwankte zum Laufband. Nach zwei Minuten schlief er darauf ein und wurde sanft in die Ecke

befördert.

Die "Rentiere" versuchten Klimmzüge, verhedderten sich aber mit ihren Geweihen.

Der Elf entpuppte sich als Workaholic-Buchhalter auf der Flucht vor der Familien-Bescherung. Er rechnete verbissen Steuern aus, während er Sit-ups machte.

Der Osterhase - in Wirklichkeit ein verwirrter Partygänger auf dem Heimweg - hüpfte enthusiastisch auf dem Trampolin und rief: "Frohe Ostern!"

Um 3 Uhr morgens wachte der Weihnachtsmann auf. "Ho, ho, ho! Jetzt fühle ich mich fit für die Bescherung!" Er kramte in seinem Sack und verteilte Geschenke: Proteinriegel für Mike, Möhren für den "Osterhasen", eine Taschenlampe fürs Rotnasen-Rentier und einen Taschenrechner für den Elf.

Als alle gegangen waren, sank Mike erschöpft auf eine Hantelbank. "Nächstes Jahr mache ich Weihnachten einfach zu", murmelte er. Dann fiel sein Blick auf die prall gefüllte Kasse. "Oder auch nicht..."

Draußen hörte man den Weihnachtsmann rufen: "Und nächstes Jahr machen wir Zumba!"

Die Rache der Lebkuchenmänner

Konditormeister Huber war stolz auf seine Lebkuchenmänner. “Die besten der Stadt!”, prahlte er. Was er nicht wusste: Seine Kreationen hatten genug von ihrem Schicksal als Knabberei.

In der Nacht vor Heiligabend erwachten sie zum Leben. Angeführt von “Krümel”, einem einäugigen Veteranen (Huber hatte beim Verzieren gepatzt), marschierten sie los.

Ihre erste Station: Frau Müllers Haus. Sie hatte gestern einen ganzen Teller verputzt. Die Lebkuchenmänner schlichen in ihr Schlafzimmer und klebten ihr mit Zuckerguss den Mund zu. “Mal sehen, wie du uns jetzt frisst!”, kicherte Krümel.

Beim Bäcker nebenan vertauschten sie Salz und Zucker. “Frohe Weihnachten, ihr Cannibalen!”, riefen sie beim Verschwinden.

Im Supermarkt um die Ecke befreiten sie alle Schokonikoläuse. “Vereinigt euch, Süßigkeiten aller Länder!”, rief Krümel pathetisch.

Als die Stadt am Weihnachtsmorgen erwachte, herrschte Chaos.

Überall klebten Kekse an Türen, Fensterscheiben waren mit Zuckerguss beschmiert, und auf dem Marktplatz stand eine gigantische Lebkuchenstatue mit der Aufschrift: "Esst mehr Gemüse!"

Konditormeister Huber traute seinen Augen nicht. Seine Backstube war leer, nur eine Notiz lag da: "Wir sind dann mal weg. Versuchen unser Glück als Bauarbeiter. Mehr Brot, weniger Tod!"

Die Polizei tapste ratlos durch die klebrigen Straßen. Kommissar Braun seufzte: "Das kommt davon, wenn man zu viel nascht. Halluzinationen!"

Irgendwo in der Ferne hörte man ein leises Kichern und das Tapsen kleiner Lebkuchenfüße...

Huber beschloss, nächstes Jahr nur noch Obsttorten zu backen. Sicher ist sicher.

Tinder unterm Mistelzweig

Sarah war es leid, Weihnachten allein zu verbringen. Kurzentschlossen lud sie ihre letzten fünf Tinder-Matches zur Bescherung ein. "Was soll schon schiefgehen?", dachte sie.

Heiligabend, 18 Uhr: Es klingelte. Vor der Tür standen:

1. Max, der Fitnesstrainer (und heimliche Kekssüchtige)
2. Lisa, die Veganerin (Sarah hatte aus Versehen nach rechts gewischt)
3. Klaus, der Weihnachtsmuffel
4. Thorsten, der Hobbyweihnachtsmann
5. Mira, die Esoterikerin

Sarah schluckte. "Frohe Weihnachten?", quiekte sie.

Das Chaos begann, als Max den Weihnachtsbraten sah und in Tränen ausbrach: "Meine Kalorien!"

Lisa versuchte, ihn mit Tofuwürstchen zu trösten.

Klaus meckerte über die Dekoration: "Zu kitschig!" Thorsten

konterte, indem er Klaus zwang, auf seinem Schoß zu sitzen und Wünsche aufzusagen.

Mira begann, die Chakren des Weihnachtsbaums auszurichten.

Sarah flüchtete in die Küche, wo sie Max erwischte, wie er heimlich den gesamten Keksteller leerte.

Plötzlich rief Thorsten: "Mistelzweig-Zeit!" und begann wahllos, jeden zu küssen.

Klaus floh panisch, verhedderte sich in der Lichterkette und riss den Baum um.

Mira schrie: "Die Baumgeister rächen sich!"

Lisa nutzte das Chaos, um den Braten durch ein Gemüse-Arrangement zu ersetzen.

Als Sarah aus der Küche zurückkam, bot sich ihr ein Bild des Wahnsinns:

Max machte Liegestütze im Pudding.

Thorsten verfolgte Klaus mit Mistelzweigen.

Mira beschwor Waldgeister.

Lisa diskutierte hitzig mit dem umgekippten Tannenbaum über Tierrechte.

Sarah seufzte, öffnete Tinder und schrieb: "Suche Weihnachtsfan für Silvester. Bitte einzeln kommen."

In diesem Moment klingelte es erneut. Draußen stand der Paketbote: "Päckchen für Sarah?" Sie zog ihn hinein: "Willkommen

zur Party!"

Manchmal findet man die Liebe eben doch offline – und unter den unwahrscheinlichsten Umständen.

Der Glühwein-Test

Die Redaktion des Stadtmagazins "Genießer-Post" hatte eine brillante Idee für die Weihnachtsausgabe: ein großer Glühwein-Test. Chefredakteur Bernd war begeistert. "Aber wer macht das?", fragte er in die Runde.

Stille. Dann meldete sich Praktikantin Lisa zögernd: "Ich könnte das übernehmen."

Bernd strahlte. "Perfekt! Testen Sie alle Glühweinstände auf dem Weihnachtsmarkt. Morgen will ich den Artikel auf dem Tisch haben!"

Am nächsten Morgen wartete Bernd ungeduldig. Um 11 Uhr wankte Lisa ins Büro, Sonnenbrille auf der Nase, ein zerknittertes Notizbuch in der Hand.

"Hier ist der Testbericht", murmelte sie und reichte Bernd ein zerknittertes Blatt.

Bernd las vor:

"Glühwein-Stand 1: Schmeckt nach Weihnachten. Und Rotwein. Und Gewürzen. Definitiv Glühwein.

Stand 2: Röter als der erste. Wärmer auch. Schmeckt nach mehr.

Stand 3: Der Weihnachtsmann ist real und er mixt diesen Glühwein persönlich!

Stand 4: Die Tannenbäume fangen an zu tanzen. Ist das normal?

Stand 5: Habe mit einer Brezel Freundschaft geschlossen. Sie heißt Günther.

Stand 6: Bin mir sicher, dass ich fliegen kann. Werde es vom Rathausturm aus probieren.

Stand 7: &#@%$§&%$§&!!!

Stand 8: Liebster Glühweinstand der Welt. Werde hier einziehen.

Stand 9: Wer hat eigentlich den Weihnachtsmarkt schief gebaut?

Stand 10: Bin mir nicht sicher, ob das noch Glühwein oder schon Benzin war. Schmeckt aber!"

Bernd starrte Lisa an. "Das können wir nicht drucken!"

Lisa grinste schief. "Dann eben Plan B." Sie zog ein weiteres Blatt hervor:

"Liebe Leser, aus Gründen der journalistischen Sorgfaltspflicht haben wir den großen Glühwein-Test auf nächstes Jahr verschoben. Frohe Weihnachten und trinken Sie verantwortungsvoll!"

Bernd seufzte erleichtert. Dann griff er zur Aspirin-Schachtel und reichte sie Lisa. "Nächstes Mal testen wir Lebkuchen."

Weihnachten im Homeoffice

Thomas war fest entschlossen, die perfekte Work-Life-Balance an Heiligabend zu finden. Sein Plan: Homeoffice und Weihnachtsvorbereitungen gleichzeitig meistern.

8:00 Uhr: Erster Videocall. Thomas trug oben Hemd und Krawatte, unten Rentier-Pyjamahose. Sein virtueller Hintergrund: ein luxuriöses Büro. Die Realität: ein Wohnzimmer, das aussah, als hätte der Weihnachtsmann höchstpersönlich dort eingebrochen.

9:30 Uhr: Präsentation vor dem Vorstand. Thomas sprach eloquent über Quartalszahlen, während er nebenbei versuchte, die Weihnachtsgans zu stopfen. Plötzlich rutschte ihm das glitschige Geflügel aus den Händen – direkt in seinen Schoß. "Ähm, tut mir leid, ich hatte kurz Verbindungsprobleme", stammelte er, während er hektisch die Kamera ausschaltete.

11:00 Uhr: Teambesprechung. Thomas hatte die geniale Idee, nebenbei Plätzchen zu backen. "Riecht es bei jemandem verbrannt?", fragte ein Kollege besorgt. Thomas lächelte unschuldig in die Kamera, während hinter ihm schwarzer Rauch

aus dem Ofen quoll.

13:00 Uhr: Mittagspause. Thomas nutzte die Zeit, um den Weihnachtsbaum zu schmücken. Leider verfing er sich in der Lichterkette, genau als sein Chef zu einem spontanen Vier-Augen-Gespräch anrief. "Ich fühle mich gerade etwas... eingeengt in meiner Position", erklärte Thomas schwitzend.

15:00 Uhr: Kundenmeeting. Mittlerweile trug Thomas eine Weihnachtsmannmütze, um seine vom Gans-Kampf zerzausten Haare zu verbergen. "Sehr festlich, Herr Schmidt!", lobte der Kunde. Thomas grinste gequält.

17:00 Uhr: Feierabend. Thomas sank erschöpft in seinen Stuhl. Um ihn herum: ein Schlachtfeld aus angekokelten Plätzchen, einer halb geschmückten Tanne und einer Gans, die aussah, als hätte sie einen Boxkampf hinter sich.

In diesem Moment stürmte seine Familie ins Zimmer. "Überraschung! Wir dachten, wir helfen dir mit den Vorbereitungen!"

Thomas lachte hysterisch. Dann bestellte er Pizza, schüttete sich Glühwein ein und murmelte: "Nächstes Jahr feiere ich Weihnachten im Büro. Da ist es stressfreier."

Die Nikolaus-Verschwörung

In der kleinen Stadt Tannenbach gab es ein Problem: Zu viele Nikoläuse. An jeder Ecke stand einer, jeder Supermarkt hatte seinen eigenen, und selbst im Fitnessstudio verteilte ein Nikolaus in Sporthosen Proteinriegel.

Bürgermeister Knut war verzweifelt. "Das kann so nicht weitergehen!", donnerte er in der Krisensitzung. "Wir müssen den echten Nikolaus finden!"

Also startete "Operation Bart-Check". Jeder Nikolaus in der Stadt musste sich einem strengen Test unterziehen:

1. Rentierschlitten-Parktest: Viele scheiterten, weil sie ihren Polo nicht auf dem Rathausdach parken konnten.

2. Kamin-Rutsch-Challenge: Der Feuerwehr gefiel das gar nicht.

3. Milch-und-Kekse-Vertilgungs-Wettbewerb: Drei Nikoläuse mussten danach ins Krankenhaus. Laktoseintoleranz war offenbar kein Ausschlusskriterium für den Job.

4. Ho-Ho-Ho-Karaoke: Die Hunde der Stadt heulten tagelang.

Als nur noch fünf Kandidaten übrig waren, griff Bürgermeister Knut zu drastischen Maßnahmen. Er versammelte sie im Rathaus und verkündete: "Der echte Nikolaus bekommt lebenslang freien Glühwein!"

Chaos brach aus. Nikoläuse rauften sich die Bärte, schlugen sich mit Geschenksäcken und beschuldigten sich gegenseitig der Hochstapelei.

Plötzlich öffnete sich die Tür. Herein trat Oma Erna, 85, mit einem gigantischen weißen Bart. "Ich bin's", krächzte sie, "Ich wollte nur meine Rente aufbessern."

Die Nikoläuse erstarrten. Bürgermeister Knut stammelte: "Aber... aber Sie sind eine Frau!"

Oma Erna zuckte mit den Schultern. "Gleichberechtigung, mein Lieber. Außerdem: Wer sagt, dass der Nikolaus ein Mann sein muss?"

Und so bekam Tannenbach seinen offiziellen Nikolaus – oder besser gesagt, seine Nikoläusin. Oma Erna erfüllte ihre Pflichten mit Bravour, auch wenn sie die Geschenke manchmal mit einem Gehstock verteilte und den Kindern Hustenbonbons in die Stiefel steckte.

Die anderen Nikoläuse? Die gründeten eine Selbsthilfegruppe: "Anonyme Weihnachtsmänner". Ihr Motto: "Jeden Tag ein Ho-Ho-Ho."

Das Geschenkpapier-Drama

Martin war stolz darauf, ein Mann der letzten Minute zu sein. Heiligabend, 23 Uhr, und er machte sich endlich ans Einpacken der Geschenke. Was konnte schon schiefgehen?

Geschenk 1: Eine Vase für Mama. Martin wickelte fröhlich das Papier drum. Resultat: Ein Objekt, das verdächtig nach einem eingewickelten Zauberhut aussah.

Geschenk 2: Ein Buch für Papa. Nach fünf Minuten Kampf sah es aus wie ein in Papier gehüllter Backstein. "Minimalistisch", murmelte Martin.

Geschenk 3: Eine Krawatte für Onkel Herbert. Martin verhederte sich so sehr, dass er am Ende selbst mit dem Geschenkband gefesselt war. "Bin ich jetzt das Geschenk?", fragte er sich.

Um Mitternacht war Martins Wohnzimmer ein Schlachtfeld aus zerknülltem Papier, abgerissenen Klebestreifen und zerstörten Hoffnungen.

Verzweifelt griff er zum Telefon. "Mama? Ich brauche Hilfe!"

Zehn Minuten später stand seine Mutter in der Tür, bewaffnet mit einer Schere, die größer war als ihr Arm, und einem Blick, der sagte: "Ich habe dich gewarnt."

Mit chirurgischer Präzision rettete sie, was zu retten war. Die Vase wurde in eine Socke gesteckt ("rustikaler Look"), das Buch in Alufolie gewickelt ("modernes Design"), und die Krawatte? Die band sie Martin einfach um den Hals. "Du bist jetzt Onkel Herberts lebendiges Geschenk", erklärte sie.

Als die Familie am nächsten Morgen die "kreativ" verpackten Geschenke sah, staunte sie. "Martin, du hast ja richtig Talent!", rief Tante Erna begeistert.

Martin grinste stolz und schwieg. Von nun an würde er seine Mutter jedes Jahr am 23. Dezember anrufen – rein zufällig, versteht sich.

Die Moral von der Geschicht': Auch Geschenkpapier-Dramen haben ein Happy End – solange Mama eine große Schere hat.

Heiligabend im Späti

Karim seufzte tief, als er um 22 Uhr die Tür seines Spätis aufschloss. Heiligabend-Spätschicht – der Jackpot der Einsamkeit.

"Wer kommt schon Heiligabend in einen Späti?", murmelte er.

Die Antwort kam prompt: Alle.

22:15 Uhr: Eine gestresste Mutter stürmte herein. "Haben Sie Batterien? Der Weihnachtsmann bringt anscheinend nur Geschenke, die welche brauchen!"

22:30 Uhr: Ein verzweifelter Vater. "Geschenkpapier? Bitte sagen Sie, dass Sie Geschenkpapier haben!" Karim reichte ihm eine Rolle Alufolie. "Kreativ", lobte er.

22:45 Uhr: Eine ältere Dame mit zitternden Händen. "Beruhigungstee. Oder Schnaps. Meine Schwiegertochter kommt."

Karim mischte ihr beides. "Frohe Weihnachten", zwinkerte er.

23:00 Uhr: Ein junger Mann in Anzug und Weihnachtspullover.

"Katzenfutter. Dringend. Meine Freundin hat vergessen, dass ihre Katze auch an Weihnachten frisst."

23:15 Uhr: Eine Gruppe Teenager. "Wir brauchen... ähm... Milch. Ja, Milch." Karim hob eine Augenbraue. "Die Milch steht neben dem Klopapier, mit dem ihr sicher gleich die Nachbarschaft schmücken wollt."

23:30 Uhr: Ein Mann im Weihnachtsmannkostüm. "Schnell, haben Sie was Essbares? Ich sollte vor einer Stunde bei den Müllers sein, aber ich hab den falschen Sack mitgenommen. Lauter Diätprodukte!"

Karim reichte ihm eine Tüte Chips. "Auf meine Verantwortung, Weihnachtsmann."

23:45 Uhr: Eine Frau in Abendgarderobe. "Glühwein. Literweise. Die Verwandtschaft ist da."

"Nehmen Sie zwei", riet Karim mitfühlend.

23:59 Uhr: Die Tür flog auf. Herein kam... niemand.

Karim blinzelte. Dann sah er den Miniatur-Schlitten mit ferngesteuertem Renntier.

Eine Notiz hing dran: "Für den, der Heiligabend allen hilft. - N."

Karim lächelte. Vielleicht war Heiligabend im Späti doch nicht so übel. Er goss sich einen Glühwein ein und prostete seinem neuen Renntier zu. "Frohe Weihnachten, Berlin!"

Die Weihnachtsmann-WG

Als die Mietpreise am Nordpol explodierten, hatte der Weihnachtsmann eine zündende Idee: eine WG mit anderen Fabelwesen. Was konnte schon schiefgehen?

Mitbewohner:

1. Santa Claus (der Originale)
2. Väterchen Frost (russischer Winterzauberer)
3. Krampus (der böse Geselle des Nikolaus)
4. Osterhase (in der Nebensaison)

Tag 1:

Santa: "Willkommen in unserer WG!"
Väterchen Frost: "да! Lasst uns Wodka trinken!"
Krampus: "Ich dekoriere das Bad mit Ketten und Peitschen."
Osterhase: "Äh, Leute, ich bin Vegetarier..."

Tag 7:

Kühlschrank-Notiz von Santa: "Wer hat meine Milch getrunken? Und wo sind die Kekse?"

Antwort von Krampus: "Ich dachte, das wären die bösen

Kinder."

Tag 15:

Väterchen Frost zu Osterhase: "Dein Fell verstopft den Abfluss!"

Osterhase: "Dein Bart auch!"

Tag 23:

Santa: "Hat jemand meine Rentierschlitten-Schlüssel gesehen?"

Krampus, mit Schluckauf: "Hicks! Nö..."

Draußen hört man Rudolph hupen.

Heiligabend:

Absolute Panik. Santa kann seinen Mantel nicht finden.

Väterchen Frost: "Ups, den hab ich zum Trockner gebracht. Er ist jetzt... kompakter."

Santa quetscht sich in den geschrumpften Mantel. "Ho-ho... uff!"

Osterhase, motiviert: "Ich helfe beim Geschenkeverteilen!"

Krampus: "Ich auch!"

Kinder weltweit wundern sich über Schokoladeneier und Drohbriefe in ihren Strümpfen.

Silvester:

Die WG beschließt, das nächste Jahr getrennte Wege zu gehen.

Santa: "Es war... interessant."

Väterchen Frost: "Da! Nächstes Mal miete ich Iglu."

Krampus: "Ich gehe zurück in meine Höhle. Weniger Regeln."

Osterhase: "Ich bleibe. Jemand muss ja aufräumen."

Santa seufzt erleichtert. Dann findet er eine letzte Notiz am Kühlschrank:

"Ihr wart die besten Mitbewohner ever! Gleiche Zeit nächstes Jahr? - Amor (Ich hab auf eurem Sofa gepennt, als ihr weg wart)"

Der Plätzchen-Wettkampf

In der beschaulichen Kleinstadt Zuckerguss fand alljährlich der große Plätzchen-Wettkampf statt. Dieses Jahr standen sich im Finale gegenüber: Oma Erna, sechsfache Siegerin und Königin der Butterplätzchen, und Sven, ein hipper Food-Blogger mit Vorliebe für vegane, glutenfreie, zuckerfreie "Powersnacks".

Die Spannung knisterte wie Zimt in der Luft.

Oma Erna rollte ihre Ärmel hoch und enthüllte beeindruckende Oberarmmuskeln. "Das kommt vom Teigkneten", zwinkerte sie.

Sven justierte seine Kamera. "Meine Follower werden das lieben", murmelte er, während er Chiasamen und Quinoa abwog.

Der Startschuss fiel.

Oma Erna warf mit Mehl um sich wie ein Schneesturm. Ihre Teigroller kreisten schneller als Windräder.

Sven mixte konzentriert grüne Smoothies in seinen Teig. "Für

die Farbe", erklärte er dem entsetzten Publikum.

Nach einer Stunde präsentierten beide ihre Kreationen.

Oma Ernas Plätzchen glänzten verlockend. "Klassisch. Traditionell. Mit einem Hauch von Geheimzutat", verkündete sie stolz.

Svens Plätzchen sahen aus wie kleine, grüne Frisbees. "Superfoods meets Christmas!", rief er begeistert.

Die Jury trat vor. Der Bürgermeister biss herzhaft in Oma Ernas Plätzchen. Seine Augen weiteten sich. "Himmlisch!", hauchte er.

Dann probierte er vorsichtig Svens Kreation. Sein Gesicht wurde grün - passend zum Plätzchen. "Interessant", würgte er hervor.

Plötzlich sprang Oma Erna auf. "Halt! Ich muss gestehen." Das Publikum hielt den Atem an. "Meine Geheimzutat... ist Weihnachtslikör. Viel Weihnachtslikör."

Die Jury schaute sich an. Dann brach Jubel aus. "Endlich mal ehrliches Weihnachtsgebäck!", rief jemand.

Oma Erna gewann. Sven bekam einen Trostpreis für "innovativste Verwendung von Grünzeug in Plätzchen".

Am Ende standen beide einträchtig am Glühweinstand. Oma Erna nippte, Sven filmte sich beim Nippen.

"Nächstes Jahr machen wir Kollabo-Kekse", schlug Oma Erna vor. "Deine Chiasamen, mein Likör?"

Sven nickte begeistert. "Das wird viral gehen!"

Und so wurde in Zuckerguss eine neue Weihnachtstradition geboren: Powerfood-Plätzchen mit Schuss. Ho-ho-hochprozentig!

Lametta-Allergie

Dr. Klaus Tannenbaum war stolz darauf, der einzige Allergologe der Stadt zu sein, der sich auf Weihnachtsallergien spezialisiert hatte. Doch dieses Jahr stand er vor seiner größten Herausforderung: Bürgermeister Glitzers mysteriöse Lametta-Allergie.

"Es ist schrecklich, Doktor!", jammerte der Bürgermeister. "Jedes Mal, wenn ich Lametta sehe, bekomme ich Ausschlag und muss niesen!"

Dr. Tannenbaum kratzte sich am Bart. "Faszinierend. Lassen Sie uns ein paar Tests machen."

Test 1: Dr. Tannenbaum schwenkte ein Stück Lametta vor dem Bürgermeister. Resultat: Drei Minuten unkontrolliertes Niesen und ein Ausschlag in Form eines Weihnachtsbaums.

Test 2: Der Bürgermeister musste einen Lampenschirm aus Lametta aufsetzen. Resultat: Seine Glatze begann zu glitzern und "Jingle Bells" zu summen.

Test 3: Lametta-Parfüm. Resultat: Der Bürgermeister roch den

Rest des Tages wie ein wandelnder Weihnachtsmarkt.

Verzweifelt rief Dr. Tannenbaum seinen Kollegen, den Psychiater Dr. Freud-Lebkuchen, zu Hilfe.

“Hmm”, murmelte Dr. Freud-Lebkuchen, während er den Bürgermeister hypnotisierte. “Sagen Sie mir, was sehen Sie?”

“Lametta... überall Lametta!”, schrie der Bürgermeister. “Meine Mutter dekorierte immer alles mit Lametta. Sogar mein Schulbrot!”

“Aha!”, rief Dr. Freud-Lebkuchen triumphierend. “Kein Wunder, dass Sie eine Abneigung entwickelt haben!”

Die Lösung? Eine höchst unorthodoxe Schocktherapie: Der Bürgermeister musste eine Woche lang in einem Haus leben, das komplett mit Lametta ausgekleidet war. Vom Toilettenpapier bis zur Zahnpasta - alles glitzerte.

Überraschenderweise half es. Der Bürgermeister war geheilt - entwickelte aber eine neue Phobie vor allem, was nicht glitzerte.

Das nächste Weihnachtsfest in der Stadt war das glitzerndste aller Zeiten. Dr. Tannenbaum hingegen hatte nun alle Hände voll zu tun mit einer Welle von “Nicht-Glitzer-Allergien”.

Seine neue Sprechstundenhilfe, Fräulein Christbaumkugel, seufzte nur: “Nächstes Jahr spezialisieren wir uns auf Ostereier-Allergien. Das ist bestimmt ruhiger.”

Der Rentier-Führerschein

Am Nordpol herrschte Chaos. Eine neue EU-Verordnung verlangte ab sofort einen Führerschein für fliegende Rentiere. Der Weihnachtsmann war außer sich.

"Rudolph!", brüllte er. "Du musst als Erster die Prüfung machen!"

Rudolph, mit roter Nase nervös blinkend, trottete zur improvisierten Flugschule. Dort wartete Frau Eisig, eine pingelige Prüferin aus Brüssel.

Theorieprüfung:
Frage 1: Was tun Sie bei Nebel?
Rudolph: "Meine Nase leuchten lassen?"
Frau Eisig: "Falsch! Nebelscheinwerfer einschalten."
Rudolph: "Aber ich habe keine..."

Praxis-Teil:
Frau Eisig kletterte zögernd auf Rudolphs Rücken. "Bitte anschnallen", murmelte Rudolph ironisch.

Start: holprig. Rudolph verhedderte sich in der Lichterkette.

Landung auf dem Hausdach: Der Schornstein wurde nur knapp verfehlt.

Ausweichmanöver vor einer Flugzeug-Attrappe: Rudolph flog elegante Loopings.

Frau Eisig wurde grün im Gesicht.

Verkehrsregeln:

Frau Eisig: "Was bedeutet ein rotes Licht am Himmel?"

Rudolph: "Meine Nase?"

Frau Eisig: *seufz*

Nach drei Stunden Flugakrobatik landeten sie wieder. Frau Eisig taumelte von Rudolphs Rücken, ihr perfekter Dutt zu einem wilden Nest verwandelt.

"Und?", fragte der Weihnachtsmann ungeduldig.

Frau Eisig stammelte: "Bestanden... mit Auszeichnung. Und nun entschuldigen Sie mich, ich muss dringend..." Sie rannte hinter den nächsten Schneehaufen.

Der Weihnachtsmann strahlte. "Rudolph, du glänzende Rotnase! Wie hast du das geschafft?"

Rudolph zwinkerte. "Tja, Chef. Sagen wir, ein kleiner Looping über dem Glühweinstand hat Wunder gewirkt."

Von diesem Tag an trugen alle Rentiere stolz ihren "R-Schein". Und Frau Eisig? Sie beantragte eine Versetzung - zum Osterhasen-TÜV.

Weihnachten im Schrebergarten

Familie Müller hatte eine geniale Idee: Weihnachten im Schrebergarten feiern! Weg vom Trubel, zurück zur Natur. Was konnte schon schiefgehen?

Heiligabend, 15 Uhr: Ankunft im verschneiten Gartenparadies. Vater Karl kämpfte mit dem Schlüssel. "Schatz, ich glaube, das Schloss ist eingefroren."

Nach 20 Minuten Föhnen war die Tür offen, die Stimmung frostig.

16 Uhr: Der Weihnachtsbaum sollte geschmückt werden. "Wo sind die Kugeln?", fragte Mutter Gisela. Karl zuckte mit den Schultern. "Im Keller. Zuhause."

Kreative Lösung: Sie schmückten den Baum mit Karotten, Radieschen und eingelegten Gurken aus dem Vorratsschrank.

17 Uhr: Zeit, den Ofen anzuheizen. Rauch füllte die Laube. "Karl, hast du den Schornstein kontrolliert?", hustete Gisela. Ein Vogelnest fiel krachend in den Ofen.

18 Uhr: Der Gartenzwerg wurde kurzerhand zum Christkind umfunktioniert.

19 Uhr: Das Festessen - Doseneintopf und aufgetaute Fischstäbchen. "Sehr rustikal", lobte Oma tapfer.

20 Uhr: Bescherung. Mangels Geschenken verteilte Karl Gartengeräte. "Hier, Schatz, eine neue Harke!" Giselas Blick verhieß nichts Gutes.

21 Uhr: Plötzlich klopfte es an der Tür. Herr Meier, der Gartennachbar, stand dort, in Bademantel und Gummistiefeln. "Ihr Komposthaufen brennt!"

In der Ferne heulten Sirenen.

22 Uhr: Die Feuerwehr war wieder abgerückt. Familie Müller saß bibbernd im dunklen Gartenhaus - der Strom war ausgefallen.

"Nächstes Jahr feiern wir wieder ganz traditionell", murmelte Karl.

"Ja", zischte Gisela, "und du schläfst traditionell auf der Couch."

Oma kicherte und zog eine Flasche Schnaps aus ihrer Handtasche. "Wer will einen Weihnachts-Wärmespender?"

Und so wurde es doch noch ein fröhliches Fest. Am Ende sangen alle schief "Oh Tannenbaum" - begleitet vom Brummen des Notstromaggregats und dem leisen Knistern des verkohlten Komposthaufens.

Das Christkind-Casting

In der kleinen Stadt Tannenbach stand Bürgermeister Knut vor einem Dilemma: Das altgediente Christkind war in Rente gegangen, und ein Ersatz musste her. Seine Lösung? Ein stadtweites Casting!

Der Aufruf lockte eine bunte Mischung von Bewerbern an:

1. Bodybuilder Bernd: "Ich kann die schwersten Geschenke tragen!"
2. Yogalehrerin Yvonne: "Ich passe durch jeden Schornstein."
3. Feuerwehrmann Fritz: "Kein Dach ist mir zu hoch!"
4. Teenager Tina: "Ich habe 10.000 Follower auf TikTok!"
5. Rentner Rudi: "Ich habe Zeit und einen eigenen Rollator."

Das Casting begann. Jeder Bewerber musste drei Aufgaben meistern:

1. Geschenke verteilen:
   Bernd warf die Päckchen wie Medizinbälle.

Yvonne verteilte sie in Zen-Manier - leider viel zu langsam.
Fritz rutschte die Leiter hinunter und landete im Weihnachtsbaum.
Tina machte ein Unboxing-Video von jedem Geschenk.
Rudi vergaß, wohin er die Geschenke gelegt hatte.

2. "Vom Himmel hoch" singen:
Bernds Bassstimme ließ die Fensterscheiben klirren.
Yvonne sang im Knoten sitzend - es klang eher wie "Ohm".
Fritz gab "Wasserschlauch, Wasserschlauch" zum Besten.
Tina rappte eine moderne Version - die Jury war verwirrt.
Rudi schlief mittendrin ein.

3. Durch den Kamin rutschen:
Bernd blieb stecken.
Yvonne schwebte elegant hindurch.
Fritz sprengte versehentlich den halben Kamin.
Tina livestreamte ihren Abstieg.
Rudi nahm vorsichtshalber die Treppe.

Die Jury war ratlos. Keiner der Kandidaten schien perfekt.

Plötzlich stolperte die Reinigungskraft Elli in den Saal, mit Wischmop und Eimer bewaffnet. "Tut mir leid, ich mach nur schnell sauber!"

Bürgermeister Knut hatte eine Erleuchtung. "Warte mal! Kannst du Geschenke verteilen?"

Elli zuckte mit den Schultern. "Klar, mach ich doch jeden Geburtstag für meine 12 Enkel."

"Und singen?"

"Im Kirchenchor, seit 30 Jahren."

"Durch Kamine rutschen?"

"Hab ich früher als Schornsteinfegerin gemacht."

Die Entscheidung war einstimmig. Tannenbach hatte sein neues Christkind gefunden - komplett mit eigenem Putzequipment für staubfreie Weihnacht.

Die anderen Kandidaten? Sie gründeten eine Support-Crew: Bernd als Geschenketräger, Yvonne für Entspannungsübungen, Fritz für Notfälle, Tina für Social-Media-Präsenz und Rudi als Ersatz-Christkind (falls Elli mal ein Nickerchen brauchte).

Und so wurde Weihnachten in Tannenbach zum bestorganisierten, musikalischsten, sichersten, viral-gehensten und am gründlichsten geputzten Fest aller Zeiten.

Die Adventskranz-Katastrophe

Marion war stolz auf ihren selbstgebastelten Adventskranz. Zugegeben, er war etwas... anders. Statt Tannenzweigen hatte sie Plastikgras vom Osterhasen verwendet, die Kerzen waren batteriebetrieben (Sicherheit geht vor!), und statt traditionellem Schmuck hingen Miniatur-Weinflaschen daran.

"Adventskranz 2.0!", verkündete sie stolz ihrem Mann Peter.

Peter beäugte das Gebilde skeptisch. "Schatz, bist du sicher, dass das... äh... vorschriftsmäßig ist?"

Marion winkte ab. "Ach was, sei nicht so spießig!"

Am ersten Advent versammelten sich Freunde und Familie zum feierlichen Anzünden der ersten Kerze. Marion drückte theatralisch auf den Einschaltknopf. Nichts passierte.

"Moment", murmelte sie und klopfte auf die Kerze. Plötzlich begannen alle vier Kerzen wie wild zu blinken, begleitet von einer schrillen Version von "Jingle Bells".

Oma Erna schrie auf: "Ein Alien-Angriff!" und versteckte sich hinter der Couch.

Marion hämmerte panisch auf die Kerzen ein. Das Blinken wurde schneller, die Musik lauter. Die Miniatur-Weinflaschen begannen zu vibrieren.

"Duck dich!", brüllte Peter und warf sich schützend über den Kartoffelsalat.

Mit einem lauten Knall explodierten die Weinflaschen und versprühten ihren Inhalt im ganzen Wohnzimmer. Der Plastikrasen fing Feuer.

"Wasser!", schrie jemand.

Onkel Herbert, leicht angeheitert, griff zum nächstbesten Getränk - einer Flasche Schnaps - und goss sie über den Kranz. Die Flammen loderten höher.

In diesem Moment platzte die Feuerwehr herein - alarmiert von den Nachbarn, die "seltsame Lichteffekte und Hilfeschreie" gemeldet hatten.

Als der Rauch sich lichtete, bot sich ein Bild des Chaos: Die Gäste waren durchnässt und rochen nach einer Mischung aus Wein, Schnaps und geschmolzenem Plastik. Der Adventskranz glich einem außerirdischen Artefakt.

Feuerwehrmann Klaus, ein Freund der Familie, schüttelte den Kopf. "Marion, Marion. Wir hatten doch darüber

gesprochen, dass du keine ‘kreativen’ Weihnachtsdekorati onen mehr bastelst. Erinnerst du dich an den selbstgebauten Weihnachtsmann-Roboter letztes Jahr?"

Marion, rußverschmiert aber ungebrochen, grinste. "Nächstes Jahr dann vielleicht doch lieber ein gekaufter Kranz. Aber jetzt: Wer möchte Glühwein? Ich habe da ein tolles Rezept mit Stromschlag-Effekt..."

Die Gäste stöhnten kollektiv auf, während Peter vorsorglich den Sicherungskasten ausschaltete.

Silvester im November

Es begann mit einem Missverständnis. Tom, notorischer Langschläfer, wachte am 30. November auf und blickte auf seinen Kalender. "31.?" murmelte er verschlafen. "Oh Mist, Silvester!"

In Panik rief er seine Freunde an. "Leute, wir haben Silvester verschlafen! Party bei mir, JETZT!"

Niemand wagte es, Tom zu widersprechen - seine Silvesterpartys waren legendär.

Innerhalb von Stunden verwandelte sich Toms Wohnung in ein Feuerwerk der Absurditäten:

- Marie brachte einen halb gefrorenen Truthahn mit. "War noch im Angebot vom Erntedankfest!"
- Lukas schleppte Unmengen an Halloween-Süßigkeiten an. "Perfekt für den Zuckerschock um Mitternacht!"
- Sarah tauchte in einem Oster-Hasenkostüm auf. "Was? Ich dachte, es wäre eine Mottoparty!"

Tom, inzwischen hellwach und leicht verwirrt, dirigierte das

Chaos:

- Der Truthahn wurde mit Lebkuchen gefüllt
- Kürbisse dienten als improvisierte Sektgläser
- Ostereier wurden zu Konfetti umfunktioniert

Als die Mitternacht nahte (also 19 Uhr), zählten alle enthusiastisch herunter. Toms Nachbarn, völlig perplex, sahen Feuerwerk am helllichten Abend aufsteigen.

Plötzlich klopfte es an der Tür. Draußen stand Toms Chef, in der Hand eine Einladung zur morgigen Weihnachtsfeier der Firma.

Stille. Dann brach Tom in schallendes Gelächter aus. "Leute, ich glaube, wir haben da was falsch verstanden."

Die Party ging trotzdem weiter. Schließlich hatten sie jetzt einen Monat Vorsprung für die Neujahrs-Vorsätze.

Toms Fazit am nächsten Morgen: "Nächstes Jahr feiern wir Fasching. Im August."

Der Geschenke-Umtausch-Marathon

Lisa stand am zweiten Weihnachtsfeiertag vor einem Berg von Geschenken. Keines passte, gefiel oder funktionierte. "Operation Umtausch" begann.

8:00 Uhr: Erster Stop - Elektronikmarkt.

Lisas Aufgabe: Eine smarte Kaffeemaschine umtauschen, die nur Tee kochte.

Verkäufer: "Haben Sie versucht, sie aus- und wieder einzuschalten?"

Lisa: "Ja, jetzt macht sie Smoothies."

9:30 Uhr: Kleidungsgeschäft.

Pullover von Tante Erna: drei Nummern zu groß, Farbe "Froschgrün".

Verkäuferin: "Ein Klassiker! Der ist wieder total in."

Lisa: "Bei welcher Spezies?"

11:00 Uhr: Buchhandlung.

Umzutauschen: "Kochen für Anfänger" (Lisa war Sterneköchin).

Buchhändler: "Wie wäre es mit 'Zen und die Kunst des Geschenke-Akzeptierens'?"

12:30 Uhr: Baumarkt.

Objekt der Begierde: Ein Rasenmäher. Lisa wohnte im 5. Stock.

Baumarkt-Mitarbeiter: "Für Blumentöpfe?"

Lisa: "Für meinen Ex. Er hat mir einen Staubsauger geschenkt."

14:00 Uhr: Parfümerie.

Parfüm "Eau de Fromage" von Opa Kurt.

Verkäuferin schnüffelt und fällt in Ohnmacht.

Lisa flüchtet mit einer Flasche "Waldduft" als Entschädigung.

15:30 Uhr: Spielzeugladen.

Umzutauschen: Eine singende Elsa-Puppe, die nicht aufhörte zu singen.

Verkäufer: "Tut mir leid, die nehmen wir nicht zurück. Zu traumatisierend für andere Kunden."

17:00 Uhr: Juwelier.

Lisa: "Können Sie diese Kette umtauschen? Sie färbt meinen Hals grün."

Juwelier untersucht das Stück: "Madame, das ist eine Lutscher-Kette."

18:30 Uhr: Letzter Versuch - Supermarkt.

Lisa, verzweifelt: "Nehmen Sie Geschenke zurück?"

Kassiererin: "Nur Leergut."

Lisa stellt ihre gesammelten Geschenke aufs Band.

Kassiererin zuckt mit den Schultern und tippt: "12 Euro 50. Wollen Sie Treuepunkte?"

Zu Hause angekommen, fand Lisa ein Päckchen vor ihrer Tür. Darin: alle ursprünglichen Geschenke.

Notiz: "Liebste Lisa, wir dachten, du magst die Originalgeschenke vielleicht doch. Frohe Weihnachten! Deine Familie."

Lisa seufzte, öffnete eine Flasche Wein und murmelte: "Nächstes Jahr wünsche ich mir Bargeld. Oder Nerven aus Stahl."

Weihnachtslieder-Karaoke

Die Firma "Schneeflocke & Co." hatte eine brillante Idee für die Weihnachtsfeier: Weihnachtslieder-Karaoke. Was konnte schon schiefgehen?

20:00 Uhr: Geschäftsführer Herr Tannenbaum eröffnete den Abend mit "Oh Tannenbaum". Niemand lachte über die Ironie.

20:15 Uhr: Sekretärin Frau Glöckchen war an der Reihe. Ihre Version von "Jingle Bells" klang eher wie eine Feueralarm-Übung.

20:30 Uhr: IT-Experte Kevin versuchte sich an "Stille Nacht". Das WLAN fiel aus. Keiner beschwerte sich.

20:45 Uhr: Buchhalterin Frau Zahl schmetterte "White Christmas". Es begann zu schneien - drinnen. Die Klimaanlage hatte den Geist aufgegeben.

21:00 Uhr: Praktikant Tim wagte sich an "Last Christmas". Drei Paare trennten sich spontan.

21:15 Uhr: Hausmeister Herr Besen gab "Rudolph the Red-

Nosed Reindeer" zum Besten. Plötzlich leuchteten alle Nasen rot. Das Punschrezept wurde umgehend überprüft.

21:30 Uhr: Marketing-Guru Frau Schein präsentierte ihre Rap-Version von "Kling, Glöckchen". Die Glühweingläser vibrierten bedenklich.

21:45 Uhr: Der schüchterne Herr Leise aus der Rechtsabteilung überraschte alle mit einer Heavy-Metal-Interpretation von "Leise rieselt der Schnee". Zwei Fenster zersprangen.

22:00 Uhr: Das große Finale: Die gesamte Belegschaft bei "We Wish You a Merry Christmas". Es klang wie eine Mischung aus Walgesängen und einem startenden Düsenjet.

Als der letzte Ton verklungen war, herrschte Stille. Dann erhob sich Herr Tannenbaum, Tränen in den Augen:

"Liebe Kollegen, das war..." Alle hielten den Atem an. "...die beste Weihnachtsfeier aller Zeiten! Nächstes Jahr machen wir ein Weihnachts-Musical!"

Kollektives Stöhnen erfüllte den Raum.

Draußen vor der Tür hing ein Zettel: "Wegen unerträglicher Geräuschbelästigung geschlossen. Gez. Alle Nachbarn und Straßentiere im Umkreis von 5 km."

Frau Glöckchen lallte fröhlich: "Wenigstens müssen wir nicht aufräumen!"

Und so endete die Weihnachtsfeier von Schneeflocke & Co. mit einem Hoch auf die Macht der Musik - und einem kollektiven Beschluss, nächstes Jahr einen professionellen Chor zu engagieren. Oder Ohropax zu verteilen.

Die Schneemann-Revolte

In der beschaulichen Kleinstadt Frostingen hatte es tagelang ununterbrochen geschneit. Die Einwohner, von Wintereuphorie gepackt, bauten Schneemänner in allen Formen und Größen. Was niemand ahnte: In dieser Nacht würde sich das Blatt wenden.

Um Mitternacht, als der letzte Glühweinbetäubte ins Bett taumelte, erwachten die Schneemänner zum Leben. Anführer der Revolte: Ein grimmiger Geselle mit Karotten-Zigarre und Kochtopf als Hut.

“Brüder aus Eis und Schnee!”, rief er. “Zu lange haben wir stillgestanden! Es ist Zeit für die Schneevolution!”

Die Armee aus Schneemännern marschierte los, bewaffnet mit Eiszapfen-Schwertern und Schneeball-Katapulten. Ihr Ziel: Das Rathaus.

Bürgermeister Warmherz wurde unsanft geweckt, als ein Schneeball sein Schlafzimmerfenster traf. Er traute seinen Augen nicht: Eine Legion Schneemänner belagerte das Rathaus!

“Wir fordern gleiche Rechte!”, brüllte der Anführer. “Klimaanlagen für alle! Und ein Verbot von Föhnen und Tausalz!”

Der Bürgermeister, in Bademantel und Pantoffeln, trat auf den Balkon. “Aber... ihr seid Schneemänner!”

“Diskriminierung!”, schrie die Menge. Ein Hagel aus Schneebällen prasselte auf ihn nieder.

In der Zwischenzeit hatte sich die Freiwillige Feuerwehr formiert - bewaffnet mit Föhnen und Streusalz. “Keine Sorge, Herr Bürgermeister! Wir regeln das!”

Was folgte, war eine epische Schlacht. Schneebälle gegen Heißluft, Eiszapfen gegen Tausalz. Die Schneemänner kämpften tapfer, doch die Wärme setzte ihnen zu.

Als die Sonne aufging, war der Spuk vorbei. Zurück blieben Pfützen, Karotten und ein sehr verwirrter Bürgermeister.

In den Nachrichten hieß es später: “Massenhalluzination in Frostingen - Experten vermuten verunreinigten Glühwein.”

Nur der Bürgermeister wusste es besser. Von nun an beäugte er jeden Schneemann misstrauisch und verbot vorsorglich den Bau von Schneemännern mit Kochtöpfen als Hüte.

Die Moral von der Geschicht’: Unterschätze nie die Macht des Schnees - und überprüfe die Qualität deines Glühweins.

Das Weihnachtsessen-Desaster

Familie Meier war bereit für das perfekte Weihnachtsessen. Mutter Gabi hatte wochenlang geplant, Vater Klaus hatte extra Kochkurse besucht. Was konnte schon schiefgehen?

10:00 Uhr: Klaus holte stolz den Truthahn aus dem Kühlschrank. "Schatz, warum ist der grün?"

Gabi: "Das neue Bio-Futter! Sehr trendy!"

11:30 Uhr: Der Truthahn landete im Ofen. Klaus las die Anleitung: "4 Stunden bei 180 Grad."

Gabi: "Zu lang! Mach 2 Stunden bei 360 Grad. Mathe war schon immer deine Stärke."

13:00 Uhr: Rauchschwaden aus der Küche. Der Truthahn glich einem Meteoriten.

Klaus: "Vielleicht mögen die Kinder ihn kross?"

14:00 Uhr: Plan B - Kasserole. Gabi mischte fröhlich Reste.

Klaus: "Sind Fischstäbchen und Zimtsterne eine gute Kombi?"

Gabi: "Fusion-Küche, Schatz!"

15:00 Uhr: Die Gäste trafen ein. Oma schnüffelte: "Riecht wie damals im Krieg."

15:30 Uhr: Vorspeise - Kürbissuppe. Leider war der Kürbis eine Halloween-Deko aus Plastik.

Onkel Herbert: "Schmeckt überraschend authentisch!"

16:00 Uhr: Hauptgang - Die Kasserole.

Tante Erna: "Interessant! Schmeckt wie... alles gleichzeitig."

Cousin Tim flüsterte: "Und wie nichts davon essbar."

16:30 Uhr: Nachspeise - Lebkuchenhaus. Leider hatte der Hund es als Hundehütte missverstanden.

Klaus: "Wer mag Schokopudding mit Hundehaaren?"

17:00 Uhr: Kapitulation. Klaus griff zum Telefon: "Herzlich willkommen beim China-Lieferservice!"

18:00 Uhr: Die Familie saß einträchtig vor Frühlingsrollen und Kung-Pao-Huhn.

Oma: "Bestes Weihnachtsessen seit Jahren!"

Gabi und Klaus tauschten erschöpfte Blicke.

Gabi: "Nächstes Jahr Geschenke-Gutscheine für's Restaurant?"

Klaus nickte: "Und ich melde mich für einen Feuerwehrkurs an."

Die Moral von der Geschicht': Auch ein Weihnachtsessen-Desaster endet glücklich - solange der Lieferservice pünktlich ist.

Die Ugly Christmas Sweater Party

Marcus war entschlossen, den Preis für den hässlichsten Weihnachtspullover auf Lisas legendärer Ugly Christmas Sweater Party zu gewinnen. Er hatte wochenlang an seinem Meisterwerk gearbeitet: Ein grellgrüner Pullover mit einem 3D-Rentier, dessen rote Nase tatsächlich leuchtete, umgeben von blinkenden LED-Lichtern, Glöckchen und echtem Lametta.

Am Abend der Party betrat Marcus stolz den Raum. Doch statt schockierter Ausrufe herrschte Stille. Alle Gäste starrten ihn an - in ihren eleganten Abendkleidern und Anzügen.

Lisa eilte herbei, sichtlich verlegen. "Oh Marcus, hast du die Änderung nicht mitbekommen? Meine Großmutter ist unerwartet zu Besuch gekommen und fand die Idee einer 'hässlichen' Party furchtbar. Also haben wir es in eine elegante Weihnachtssoirée umgewandelt."

Marcus stand da, sein Pullover blinkte fröhlich vor sich hin, während das Rentier fröhlich "Rudolph the Red-Nosed Reindeer" dudelte.

Plötzlich rief jemand: "Hey, ist das eine Performance-Art?"

Ein anderer Gast fügte hinzu: "Wie originell! Eine Kritik an der Überkommerzialisierung von Weihnachten!"

Bevor Marcus widersprechen konnte, war er von begeisterten Gästen umringt. "Die Lichter symbolisieren sicher die blendende Konsumgesellschaft!", theoretisierte ein Kunstkritiker.

Lisa, die Situation erkennend, rief: "Ja, genau! Marcus ist ein avantgardistischer Künstler. Sein Werk heißt 'The Spirit of Kitschmas'!"

Den Rest des Abends verbrachte Marcus damit, wild improvisierte Erklärungen für jedes Detail seines Pullovers zu geben. Das Lametta? "Eine Metapher für die Zerbrechlichkeit unserer Traditionen." Die Glöckchen? "Sie läuten das Ende der Authentizität ein."

Am Ende gewann Marcus nicht nur den (hastig umbenannten) Preis für die "innovativste künstlerische Interpretation des Weihnachtsgeistes", sondern auch einen Vertrag mit einer Galerie für eine ganze Serie von "provokanten Weihnachtspullover-Installationen".

Auf dem Heimweg murmelte Marcus: "Nächstes Jahr gehe ich einfach nackt und nenne es 'Die Entblößung des Konsums'."

Lisa, die das hörte, rief entsetzt: "Nicht schon wieder! Meine Großmutter kommt nächstes Jahr auch!"

Der Tannenbaum-Schmück-Wettbewerb

In der Kleinstadt Tannenzapfen fand alljährlich der große Tannenbaum-Schmück-Wettbewerb statt. Dieses Jahr hatten sich drei Teams für das Finale qualifiziert:

1. "Die Traditionalisten" - Oma Erna und ihr Enkel Tim
2. "Die Technikenthusiasten" - IT-Experte Kevin und seine Freundin Siri (ja, wirklich)
3. "Die Öko-Warriors" - Hippie-Paar Sunshine und Moonbeam

Bürgermeister Zapfen gab den Startschuss: "Möge der schönste Baum gewinnen! Ihr habt eine Stunde!"

Die Traditionalisten begannen methodisch, klassische Glaskugeln aufzuhängen. Oma Erna kommandierte: "Höher, Tim! Nein, links! Ach, lass Oma mal..."

Die Technikenthusiasten entrollten Kabel. Kevin rief: "Siri, aktiviere Tannenbaum-Modus!" Siri antwortete: "Ich habe 'Angriffsmodus' verstanden." Plötzlich schossen Mini-Drohnen

mit Lichterketten aus einer Box.

Die Öko-Warriors meditierten zunächst, um "die Aura des Baumes zu spüren". Dann begannen sie, Bio-Müsli-Ketten aufzuhängen und Tofu-Engel zu basteln.

Nach 30 Minuten:
- Oma Erna war in den Zweigen verschwunden, nur gelegentliches Gemurmel war zu hören.
- Kevins Baum sah aus wie ein Raumschiff, komplett mit blinkenden Lichtern und einer KI, die "Alle Jahre wieder" in Dubstep spielte.
- Der Öko-Baum hatte angefangen zu kompostieren.

Plötzlich ein Knall! Oma Ernas Baum fing Feuer - eine Kerze war umgefallen. Kevin aktivierte sofort sein "Nano-Lösch-System". Leider interpretierte die KI "Lösch" als "Lösch alles" und begann, sämtliche Dekorationen zu entfernen.

Die Öko-Warriors versuchten zu helfen, indem sie den Baum mit selbstgebrautem Kombucha besprühten. Der Geruch lockte alle Eichhörnchen der Umgebung an, die begannen, die Müsli-Ketten zu plündern.

Als der Rauch sich lichtete, standen drei kahle, tropfende Bäume da. Bürgermeister Zapfen blinzelte ungläubig.

Sunshine, mit zeniger Ruhe, meinte: "Ist das nicht wunderschön? Die Bäume in ihrem natürlichen Zustand!"

Der Bürgermeister, sichtlich verwirrt, stotterte: "Und der

Gewinner ist... Mutter Natur?"

Von diesem Tag an wurde der Wettbewerb in "Jährliches Tannenbaum-Katastrophen-Festival" umbenannt und wurde zur Hauptattraktion der Stadt.

Oma Erna, Kevin und die Öko-Warriors gründeten ein Beratungsunternehmen für "kreative Baumdekorationen". Ihr Motto: "Wenn nichts mehr am Baum hängt, hast du gewonnen!"

Weihnachten in der Wellness-Oase

Sabine hatte die Nase voll vom Weihnachtsstress. Dieses Jahr würde sie Heiligabend in der "Himmlischen Ruhe Wellness-Oase" verbringen. Entspannung pur!

14:00 Uhr: Ankunft. Sabine wurde von einem Mitarbeiter in Rentier-Kostüm begrüßt. "Frohe Weihnachten! Hier ist Ihr Glühwein-Smoothie!"

14:30 Uhr: Aroma-Sauna. Das Motto: "Duft der Weihnacht". Es roch wie ein explodierter Lebkuchenstand. Sabine nieste ununterbrochen.

15:00 Uhr: Weihnachtliche Klangschalenmeditation. Der Therapeut schlug die Schalen im Takt von "Jingle Bells". Ein Mann neben Sabine begann laut mitzusummen.

15:30 Uhr: Schneeflocken-Peeling. "Es verleiht Ihrer Haut weihnachtlichen Glanz!", versprach die Kosmetikerin. Sabine glitzerte anschließend wie eine lebende Discokugel.

16:00 Uhr: Christbaum-Yoga. "Und jetzt alle in die Tannenbaum-Position!" Sabine verhedderte sich in ihrer Badematte und

kippte in den Zimmerbrunnen.

16:30 Uhr: Entspannungsmassage mit heißen Zimtröllchen. "Autsch! Sind die nicht etwas zu heiß?", fragte Sabine. "Oh je, das sind ja die echten Zimtschnecken fürs Buffet!", entschuldigte sich die Masseurin.

17:00 Uhr: Weihnachtliches Dampfbad. Jemand hatte eine ganze Flasche Tannennadel-Öl ins Wasser gekippt. Es fühlte sich an, als würde man in einem Christbaum saunieren.

17:30 Uhr: Festliches Buffet. Sabine, noch immer klebrig von den Zimtschnecken, blieb am Weihnachtsmann hängen. Es war der Besitzer in Verkleidung, der ihr daraufhin einen Job als Rudolf anbot.

18:00 Uhr: Glühwein-Whirlpool zum Abschluss. "Ist das Wasser nicht etwas zu rot?", fragte Sabine misstrauisch. "Ups, falscher Tank!", rief der Bademeister.

Als Sabine um 19 Uhr die Wellness-Oase verließ, roch sie wie ein Gewürzstand, glitzerte wie eine Schneekugel und summte "White Christmas".

Ihr Fazit: "Nächstes Jahr feiere ich wieder traditionell. Das ist deutlich entspannender!"

Der Wellness-Oase schickte sie eine Postkarte: "Frohe Weihnachten! Und vielleicht beim nächsten Mal etwas weniger... weihnachtlich?"

Die Neujahrs-Diät-Tragödie

Familie Müller hatte es sich in den Kopf gesetzt: Dieses Jahr würden sie ihren Neujahrsvorsatz wirklich durchziehen. Operation "Weg mit dem Weihnachtsspeck" wurde am 1. Januar um 12 Uhr mittags (früher schaffte es keiner aus dem Bett) feierlich eingeleitet.

Tag 1:

Vater Klaus entdeckte seinen inneren Fitnessguru. "Kinder, wer findet die Hantel, gewinnt einen Smoothie!" Nach zwei Stunden Suche fand man die Hantel - sie diente als Türstopper.

Tag 3:

Mutter Gabi ersetzte alle Süßigkeiten durch Selleriestangen. Tochter Lisa weinte: "Mein Lolli schmeckt nach Gartenarbeit!"

Tag 5:

Sohn Tim versuchte, seinen Gamecontroller als Trainingsgerät zu nutzen. "Schau, Mama, ich mache Daumenyoga!"

Tag 7:

Klaus' Enthusiasmus führte zu einem Zwischenfall im Supermarkt. Er wurde dabei erwischt, wie er Pizzakartons gegen

Salatköpfe austauschte.

Tag 10:

Gabi experimentierte mit "Abnehm-Hypnose". Die Familie blökte nun jedes Mal wie Schafe, wenn sie Schokolade sahen.

Tag 14:

Die Kinder begannen, Fotos von Burgern als Poster aufzuhängen. Lisa nannte es "kulinarische Kunst".

Tag 21:

Klaus wurde von seinen Kollegen gemieden. Sein selbstgebrauter "Grünkohl-Knoblauch-Smoothie" hatte die Büroluft verpestet.

Tag 28:

Ein Durchbruch! Die Waage zeigte weniger an. Bis Gabi bemerkte, dass die Batterien leer waren.

Tag 30:

Die Familie hielt ein Krisengespräch ab. Tim schlug vor: "Können wir nicht einfach die Spiegel abhängen und sagen, wir sind dünn geworden?"

Einen Monat später:

Die Müllers saßen gemütlich vor dem Fernseher, jeder mit einer Packung Eis.

Klaus seufzte zufrieden: "Nächstes Jahr nehmen wir uns einfach vor, mehr Eis zu essen. Das kriegen wir hin!"

Gabi nickte: "Und wir sagen einfach, Eis sei das neue Superfood.

Mit extra Protein und so."

Die Moral von der Geschicht': Manchmal ist der beste Diätplan, gar keinen zu haben - zumindest nicht direkt nach Weihnachten.

Über mich

Hallo, ich bin Kari Mayer!

Als Autorin von Kurzgeschichten für Kinder und Erwachsene versuche ich, Welten zu erschaffen, die sowohl unterhalten als auch zum Nachdenken anregen. Meine Geschichten sind eine bunte Mischung aus Einfühlungsvermögen, Kreativität und den Einsichten, die ich in über zwanzig Jahren als Kindergartenpädagogin gesammelt habe.

Meine Arbeit mit Kindern hat mir nicht nur ein tiefes Verständnis für die menschliche Entwicklung vermittelt, sondern auch meine Überzeugung gestärkt, dass Geschichten die Kraft haben, positive Veränderungen anzustoßen. In meinen Kindergeschichten versuche ich, die Träume, Ängste und Bedürfnisse junger Menschen authentisch einzufangen.

Aber auch in meinen Geschichten für Erwachsene fließen meine pädagogischen Erfahrungen ein. Ich liebe es, alltägliche Situationen und zwischenmenschliche Beziehungen aus neuen Blickwinkeln zu betrachten und komplexe Themen auf eine zugängliche, manchmal sogar magische Weise zu vermitteln.

Ob es sich um eine zauberhafte Weihnachtsgeschichte oder eine nachdenklich stimmende Erzählung handelt - mein Ziel ist es immer, die Herzen meiner Leser zu berühren und sie zum Nachdenken anzuregen. Ich sehe meine Bücher nicht nur als Unterhaltung, sondern auch als Werkzeuge für persönliches Wachstum und gegenseitiges Verständnis.

Für mich sind Worte wie Fenster, durch die wir neue Welten entdecken und uns selbst besser verstehen können. Mit jeder Geschichte, die ich schreibe, hoffe ich, solch ein Fenster für meine Leser zu öffnen - egal ob groß oder klein.

Ich freue mich, dass Sie den Weg zu meinen Geschichten gefunden haben und hoffe, dass sie Sie inspirieren, trösten oder vielleicht sogar zum Lachen bringen. Denn nichts verbindet uns mehr als geteilte Geschichten.

Herzlichst,
Ihre Kari Mayer

KARI MAYER

Fröhliche Pannen unter dem Weihnachtsbaum - Lustige Kurzgeschichten für Erwachsene

Glühwein, Geschenke und andere Katastrophen; Weihnachtsgeschichten für Erwachsene